마음이 자라는 나무에는 아름다운 세상을 꿈꾸는
청소년들의 눈물과 웃음, 소망이 담겨 있습니다.
그 눈물과 웃음, 소망이 어우러질 때마다 청소년들의 마음속 키가
한 뼘씩 자라고, 세상과 소통하는 힘이 한 치씩 깊어지길 기대합니다.

내 왼쪽 무릎에 박힌 별

마 음 이
자 라 는
나 무
014

내 왼쪽 무릎에
박힌 별

모모 카포르 글·그림 | 김지향 옮김

푸른숲

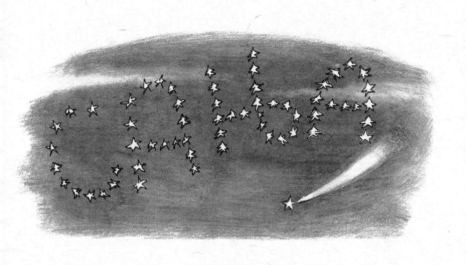

어느 날 저녁이었습니다.

무리에서 떨어져 나온 작은 별 하나가

거대한 우주 속에서 그만 길을 잃고 말았습니다.

작은 별은

아

래

로

아

래

로

떨어져 내렸습니다.

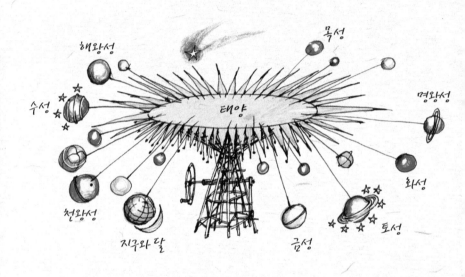

해왕성

목성

수성

태양

명왕성

천왕성

화성

지구와 달

금성

토성

작은 별은 **태양계**를 지나고,

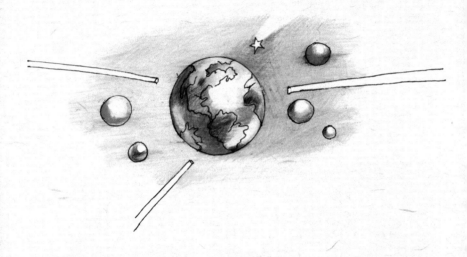

지구라는 또 다른 별로 떨어졌습니다.
아주 우연히 말이죠.

그 가운데 유럽이라는 대륙에,

내 왼쪽 무릎에 박힌 별

그 가운데 **발칸**이라는 반도에,

그 가운데 **세르비아**라는 나라에,

그 가운데 베오그라드라는 도시에……

그건 정말이지 기적 같은 일이었습니다!
그곳은 지금까지
단 하나의 별도
떨어진 적이 없는
지역이었으니까요.

가로등지기 노인은
종종걸음을 치며
별을 쫓아갔습니다.
별을 잡아 가로등을
밝히기 위해서였죠.

힘이 센 장군은
자신의 가슴에 빛나는 별을 달고 싶어 했습니다.
마치 훈장처럼 말이에요.

욕심 많은 귀부인은
그것으로 반짝이는 귀걸이를
만들고 싶어 했습니다.

술에 취한 선원은
램프를 밝히고 싶어 했고요.

아참!
크리스마스트리도
별을 갖고 싶어 하긴 마찬가지였습니다.
머리 꼭대기에 얹으면
꽤나
근사할 것 같았거든요.

그러나 별은 누구의 손에도 잡히지 않았습니다.
별이 마지막으로 다다른 곳은
베오그라드의 한 병원 분만실이었습니다.
싸냐라는 여자아이가 태어난 자정 무렵이었죠.

싸냐

길 잃은 별은 쌔근쌔근 잠든 여자아이의
왼쪽 무릎에 살포시 내려앉았고,
이내 작고 귀여운 점으로 변했습니다.
짠!

같은 날,
같은 시각,
바냐라는
사내아이도 태어났습니다.

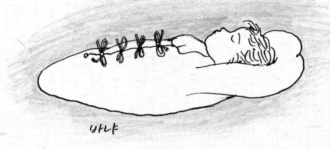

바냐

싸냐가 웃으면
바냐도 따라 웃었습니다.
싸냐가 울면
바냐도 따라 울었습니다.
아무 이유도 없이 말이에요.

도대체 아기들은 왜 우는 걸까요?

사람들은 말합니다.

아기들이 우는 이유는

지금 이곳보다 그들이 떠나온 세상이

훨씬 좋았기 때문이라고.

그럼 아기들은 어디에서 왔을까요?

사랑으로부터 왔습니다.

그럼 사랑은 어디에 있는 걸까요?

좋아하는 사람들 사이에 있습니다.

당신과 나, 혹은 당신과 당신 사이

그런데 바냐는 달랐습니다.

바냐는 자신이 떠나온 세상보다 분만실이 훨씬 더 좋았어요.

왜냐하면 바로 옆 자리에 싸냐가 누워 있었기 때문이지요.

그녀는 다른 아기들처럼 민머리도 아니었고,

얼굴이 붉거나 쭈글쭈글하지도 않았습니다.

눈같이 하얀 피부에

흰색 베개가 썩 잘 어울리는

검은 머리카락을 가지고 있었지요.

바냐는 그런 싸냐에게 첫눈에 반했습니다.

싸냐와 바냐는
우유를 먹고 잠을 자고,
우유를 먹고 잠을 자고,
우유를 먹고 잠을 잤습니다.
그런데 하루하루가 지날수록
그 생활이 지루해지기 시작했습니다.
두 사람은 당장이라도 밖으로 나가
아홉 달 동안 말로만 들어왔던
세상이란 곳을 보고 싶었습니다.

한동안 그들은 서로 만나지 못했습니다.
왜냐고요?
곧 병원을 나와
각자의 유모차를 타야 하는 신세가 되었기 때문이죠.
유모차 안에선 파란 하늘밖에 볼 수 없었답니다.

시간이 흘러 그들은 두 다리로 걸어 다닐 수 있게 되었습니다.
그런데 바냐는 좀 게을렀나 봅니다.
싸냐보다 유모차를 오래 타고 다녀서
눈이 유난히 파래졌거든요.

유모차 안에 있는 아기가 유일하게
볼 수 있는 것!

그러던 어느 날이었습니다.
두 사람은 우연히 시소를 타다가 다시 만나게 되었습니다.
"나를…… 기억하니?"
싸나가 느린 목소리로 물었습니다.
"기억해, 난 우리가 꼭 다시 만나게
될 줄 알고 있었어."
바나가 말했습니다.
"넌 어떤 이름을 갖게 되었니?"
싸나가 호기심이 일렁이는 눈으로
바나를 바라보며 물었습니다.

살며시 내리깐 눈, 사랑의 시작!

"바냐! 넌?"

"싸냐!"

싸냐는 안도의 숨을 작게 내쉬었습니다.

사실 그녀는 서로의 이름이 어울리지 않을까 봐

적잖이 걱정을 했거든요.

그때 풍선 파는 아저씨가
두 사람의 이야기를 듣고
이렇게 말했습니다.
"싸냐와 바냐라…….
정말 잘 어울리는 이름이야!"

누가 누구의 마음에 들어왔는지
이젠 알 수 있지.
이젠 볼 수 있지.

잠시 뒤 싸냐와 바냐는
엄마의 손에 이끌려
각자의 집으로 돌아갔습니다.
그들은 오랫동안 뒤를 돌아보며
아쉬운 눈빛을 나눴습니다.
서로가 보이지 않을 때까지.
그렇게 그들의 사랑이
시작되었습니

그렇다면 사랑이란 무엇일까요?

고요한 눈빛으로 하염없이 별을 바라보는 것.

껌을 반쪽씩 나누어 씹는 것.

아름다운 꽃을 선물하는 것.

새로 산 자전거를 가장 먼저 타게 해 주는 것.
놀이터에서 오랫동안 기다린 그네를 양보하는 것.

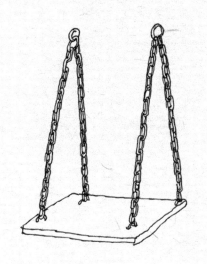

잘 익은 사과를 한입 베어 먹게 하는 것.
지우개를 반으로 잘라 나누어 쓰는 것.

달콤한 아이스크림을 하나만 사서 같이 먹는 것.

하트를 정성껏 그린 다음
그 안에 두 사람의 이름을 함께 적어 넣는 것.

싸냐와 바냐

만약 그것이 아니라면,
정말이지 난 사랑이 뭔지 모르겠어!

그들은 그 뒤로
생일 파티를 늘 함께 했습니다.
그렇게 세월이 흐르면서
그들의 키도 함께 자라났지요.

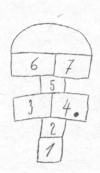

두 사람은
땅따먹기 놀이도 하고요.

같은 학년
같은 반
같은 자리에
사이좋게 앉아서……
집이 무엇인지도 배웠습니다.

그렇다면 집은 무엇일까요?
어항은 금붕어의 집입니다.

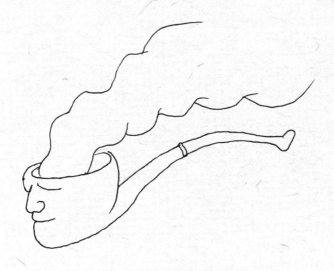

연기의 집은 파이프입니다.
달팽이의 집은 등에 있어요.

애벌레에겐 사과가 집이지요.

꽃에게는 화분이……

벌에게는 꽃이 집입니다.
싸냐와 바냐의 집은……
바로 두 사람의 사랑이었습니다.

그들은 같은 시기에 홍역을 앓고,

볼거리를 앓았습니다.

'모크라냐츠' 음악 학원에서 함께
연탄곡(두 사람이 한 대의 피아노로
연주하는 곡―옮긴이)을 연주해
상도 받았지요.
겨울이면 함께 피겨스케이트를 타고,
여름이면 함께 롤러스케이트를 탔습니다.

단 한순간도 떨어지지 않으려고
레인코트도 같이 입고 다녔습니다.

"네 왼쪽 무릎에 있는 건 뭐니?"

어느 날 바냐가 눈을 가늘게 뜨고 물었습니다.

"아, 아무것도 아니야! 그냥 점 같은……."

싸냐가 당황해 하며 말끝을 흐렸습니다.

"내 눈엔 검은 별처럼 보이는데?"

바냐가 되물었습니다.

"정말? 사실 내가 보기에도 그래.

그렇지만 난 아무에게도 그 얘길 할 수가 없었어."

싸냐가 기쁨에 찬 목소리로 말했습니다.

"참 예쁘다."

바냐는 싸냐의 무릎에 박힌 검은 점이 썩 마음에 들었습니다.

"내 마음에도 들어."

싸냐가 말했습니다.

"내가 여기에 입을 맞추어도 될까?"

"응……."

바냐가 검은 점에 살짝 입을 맞추었습니다.

그러자 싸냐의 얼굴이 금세 발갛게 달아올랐습니다.

"내 아내가 되어 주겠어?"
그가 물었습니다.
"응! 하지만 조건이 있어.
나를 영원히 사랑하겠다고 맹세할 수 있니?"
싸냐가 나지막한 목소리로 되물었습니다.
"그럼! 맹세하고말고!"
바냐가 맹세를 했습니다.
"그건 매우 중요한 거야. 왜냐하면 말이지,
네가 만약 다른 여자를 좋아한다면
난 그 사실을 견딜 수 없을 테니까.
그리고 난 네가 나를 사랑하는 그때까지만 살 수 있을 것 같아."
싸냐가 말했습니다.
"귀여워! 이런 널 어떻게 사랑하지 않을 수 있을까?"
바냐가 그녀의 검은 머릿결을 쓰다듬으며 말했습니다.
"바냐, 널 믿어. 제발 네가 한 맹세를 평생 잊지 말아 줘.
내 삶을 송두리째 거기에 걸었으니까!"

그들은 결혼식을 올렸습니다.
만약 바냐가 결혼식장을 찾은
싸냐의 여자 친구에게
눈길을 주지 않았더라면
이야기는 여기에서 끝이 났겠지요.
사랑을 해서 결혼을 하고
예쁜 아기들을 낳아
오래도록 행복하게 살았다는
여느 동화의 해피엔딩처럼.

싸냐의 친구는 퍽 아름답고 매력적이었습니다.
그녀는 바냐와 비슷한 푸른색 눈에
밝은 색의 긴 머리카락을 가지고 있었습니다.
'정말 아름다워!
저 여자에게 키스할 수 있다면 얼마나 좋을까?'
바냐는 무심코 이렇게 생각했습니다.

그 순간,
싸냐는 입고 있던 웨딩드레스에 걸려
하마터면 넘어질 뻔했습니다.
"어, 이상하다. 방금 전까지만 해도 딱 맞았는데.
갑자기 드레스가 길어진 것도 아닐 테고."
싸냐는 머리를 갸웃거리며 중얼거렸습니다.

사실 싸냐는 달라졌습니다.
바냐의 은밀한 생각 때문에
그녀의 키가
10센티미터 줄어들었거든요.

싸냐는 왜 작아졌을까요?

그것은 바냐가 잠시나마 다른 사람을
마음속에 품었기 때문입니다.
우리가 사랑에 빠졌을 때
그 대상은 우리의 눈 속에서 점점 더 커져 갑니다.
반대로 다른 대상을 원할 때는 점점 더 작아지게 되지요.
안타까운 일이지만 얼마간의 시간이 흐르면
사람들은 이 사실에 익숙해져 버립니다.
대부분은 사랑 없이도 그럭저럭 살 수 있게 되고,
또 그것이 살아가는 데 크게 문제가 되지는 않습니다.
하지만 싸냐는 예외였습니다.
아마도 왼쪽 무릎에 박힌 작은 별 때문이겠지요.
그녀는 바냐의 마음이 온전히 자신의 것이길 원했습니다.
그럴 수 없다면 차라리 아무것도 갖지 않기를 바란 거지요!
시간이 지나면 쉽게 익숙해지는 거짓말을
그녀는 견딜 수가 없었습니다.
싸냐 스스로 원한 것은 아니지만,
그녀는 정말로 작아지고 말았습니다.
하지만 아직은 아무도 그 사실을 눈치 채지 못했습니다.

"싸냐, 왜 그래? 무슨 일이야?"
바냐가 창백해진 싸냐의 얼굴을 바라보며
걱정스레 물었습니다.
"아냐, 아무것도. 별 하나가 떨어진 것 같아……."
그녀가 멍한 표정으로 나지막이 중얼거렸습니다.
"지금은 낮인걸."
바냐는 의아해 했습니다.
"그게 뭐? 별들은 낮에도 떨어져.
다만 사람들이 그걸 보지 못할 뿐이지."
그녀가 말했습니다.

즐거운 결혼식에서
그것은 아주 작고 사소한 사건일 뿐이었습니다.
그 뒤로 특별히 다른 일은 일어나지 않았습니다.
싸냐는 유난히 덜렁대던 재봉사가
치수를 잘못 쟀을 거라 여기고
긴 드레스에 대해서는
이내 잊어버렸습니다.

싸냐와 바냐는
베오그라드 근교의 낡은 다락방에서
신혼 살림을 꾸렸습니다.
맑은 날이면
별들이 아주 많이 보이는 곳이었습니다.
그들은 행복했습니다.

그들은 밤마다 테라스로 나가
거대한 하늘 천장을 올려다보며
싸냐의 별무리를 찾곤 했습니다.

"아직도 날 사랑해?"
싸냐가 물었습니다.
"사랑해."
바냐가 하품을 하며 말했습니다.
"예전처럼?"
"아니……."
"전처럼 좋아하는 건 아니란 거야?"
"전보다 훨씬 더 많이 좋아해!"

하지만 바냐가
전날 저녁 소극장에서 본
공 돌리던 여배우를 떠올리는 순간
몇 개의 별이 갑자기 빛을 잃었고,
싸냐는 키가
13센티미터나 줄어들었습니다.

싸냐는 바냐의 파란 눈을 연상시키는,
그래서 가장 아끼는 청바지의 끝단을
점점 더 자주 접어야만 했습니다.
하지만 그것도 좋은 점은 있었지요.
그 모습은 그녀에게 너무나도 잘 어울렸고,
한때 베오그라드의 모든 젊은이들이
싸냐처럼 청바지를 입고 다녔으니까요.

그러던 어느 날,
바나는 〈백조의 호수〉를 보러 갔다가
백조 역을 맡은 발레리나에게 반했고,
싸냐의 키는
다시 10센티미터가 줄어들었습니다.

그렇게 바냐가
예쁜 여자들을 마음에 품을 때마다
싸냐의 키는
몇 센티미터씩 줄어들었습니다.

얼마 뒤,
그녀의 키 가운데 3센티미터는
화장을 짙게 한 어느 미녀가
가져가 버렸지요.

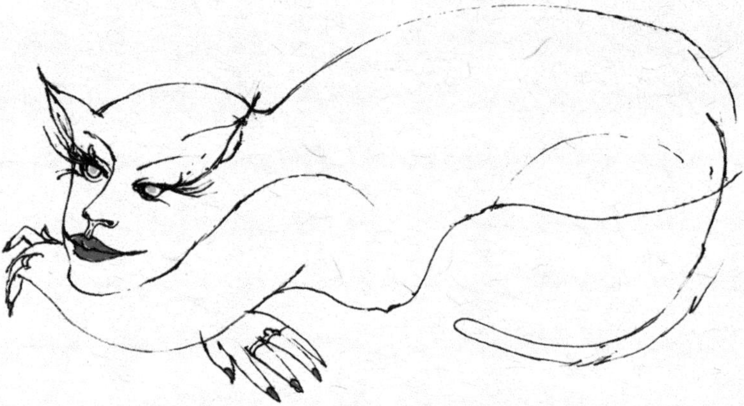

질투는 언제나 노란색!

싸냐의 미니스커트는
모두 롱스커트가 되어 버렸어요.
그러나 이 역시 좋은 점이 있었습니다.

그녀는 그런 식으로
새로운 스타일의 옷을 얻은 셈이었고,
일 년 동안 새 옷을 살 필요가 없었거든요.

결국 싸냐는 아이 옷을 입게 되었습니다.
어른 옷은 그녀에게
커진 지 오래였습니다.
이제 그녀는
오래전 바냐와 함께 학교 합창단에서
노래를 부를 때 신었던
은장식이 달린 구두를 다시 신고 다녔습니다.
그녀의 나이 스물한 살이었지만,
그녀의 몸은 아홉 살이었을 때보다
그리 크지 않았습니다.

바냐와 싸냐는 자주 산책을 나갔습니다.
그녀는 빵집에 앉아
크루아상 먹는 것을 좋아했습니다.
두 사람은 종종 동물원에 가서
땅콩이나 마른 잎을 동물들에게
먹이며 시간을 보냈습니다.

하루는 산책길에 우연히 바냐의 여자 친구를 만났습니다.

"어머, 바냐 네 딸이니? 참 많이도 컸구나!

아가야, 네 이름이 뭐니?"

"싸냐!"

싸냐가 대답했습니다.

"네 엄마와 이름이 같네, 그렇지?

그러고 보니 엄마를 쏙 빼닮았구나.

집에 가면 엄마에게 안부를 전해 주렴."

여자 친구가 말했습니다.

"고마워요, 아주머니. 그럴게요."

싸냐는 예절 바른 어린아이처럼 공손히 대답을 했고,

다시 1센티미터가 줄었습니다.

그 순간 바냐가

그 우아한 여자를 원했기 때문이었습니다.

그러던 어느 날이었습니다.
싸냐와 바냐는 함께 쇼 프로그램을 보고 있었습니다.
텔레비전 화면 속에서
근사한 목소리에,
목소리보다 더 근사한 몸매를 지닌 가수가
노래를 부르고 있었습니다.
바냐는 그 여가수가 맘에 든 나머지,
그녀와 듀엣으로 노래를 부르면 얼마나 행복할까,
생각하며 미소를 지었습니다.

그 순간 싸냐는 2센티미터하고도
11밀리미터가 더 작아졌습니다.
하지만 그것 역시 좋은 점은 있었습니다.
그녀는 너무 작아져서
더 이상 학교에 가지 않아도 되었으니까요.

그러자 착한 남자인 바냐는
더 이상 어떤 여자도
마음에 품지 않기로 결심했습니다.
자신의 마음속 바람들이
첫사랑 싸냐를 자꾸 줄어들게 한다는 사실을 깨달았거든요.
한동안은 다른 예쁜 여자들에게
눈을 돌리지 않았습니다.

물론 그것은 무척 힘든 일이었습니다.
하지만 바냐는 스스로의 결심을 지키려고 애썼습니다.
덕분에 반년 동안
싸냐의 키는 단 1밀리미터도 줄지 않았죠.
싸냐는 행복했습니다.

하지만 행복은 오래가지 못했습니다.
바냐는 봄여름을 겨냥한 드레스를 선보이는 패션쇼에서
짧은 머리를 한 모델을 보는 순간,
결심 따윈 까맣게 잊고 말았으니까요.
그는 무언가에 홀린 듯 넋을 잃고 그녀만 쳐다보았습니다.
그것은 그로서도 어쩔 수 없는 일이었습니다.
어쩔 수 없이 싸냐는 다시 작아졌습니다.

바냐는 혹시라도 침대 위에서 그녀를 잃어버릴까 봐
인형들이 자는 작은 침대를 사 왔고,
그것을 침대 옆 협탁 위에 올려놓았습니다.
싸냐는 예쁜 옷을 좋아했지만
몸이 너무 작은 데다 취향 또한 까다로웠습니다.
그런 그녀에게 맞는 옷을 찾기란 쉬운 일이 아니었죠.

바냐는 어떻게 했을까요?
그는 싸냐의 몸과 크기가 비슷한 인형들을 산 다음
그 옷을 그녀에게 입혔습니다.
바냐의 집을 찾은 손님들 가운데 어느 누구도
싸냐와 인형들을 구분하지 못했습니다.
그래서 우스운 일들도 종종 일어났지요.
누군가는 노크를 하지 않고 방으로 들어와서
싸냐와 이야기를 나누고 있는 바냐를 보고는
그가 정신이 나가서 인형들과 놀고 있다고
생각하기도 했습니다.

물론 그것은 사실이 아니었지요.

그는 싸냐와 눈을 맞춘 채

예전보다 훨씬 더 많이 사랑하고 있다고 말하며

그녀를 안심시키고 있던 참이었습니다.

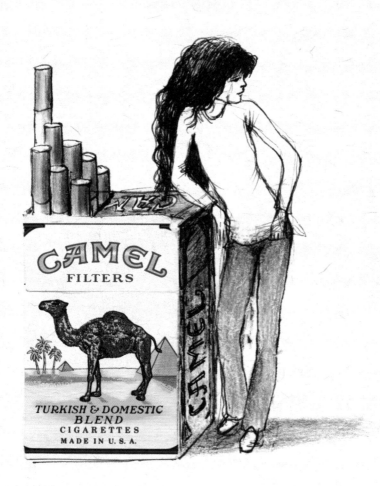

싸냐가 요즘 얼마나 작아졌는지는
그녀의 결혼반지로 가늠할 수가 있었습니다.
원래 그녀는 반지를
왼손 가운뎃손가락에 끼고 다녔습니다.
하지만 몸이 작아져서 반지가 자꾸 흘러내리자
집게손가락에 끼고 다녔고,
나중에는 엄지손가락에 끼게 되었습니다.
그리고 시간이 지나자
팔찌처럼 손목에 차고 다녀야 했습니다.
그러나 이 역시 좋은 점이 있었지요.
다른 여자들처럼 새 보석을 살 필요가 없었으니까요.

하루는 집에 손님들이 찾아왔습니다.
호기심이 많은 싸냐는
손님들이 식탁에서 어떤 이야기를 나눌까, 궁금했습니다.
그녀는 말소리를 더 잘 듣기 위해서
와인 잔과 샐러드 접시 주위를 작은 롤러스케이트를 타고
분주히 오가고 있었죠.
그 롤러스케이트는
시계 수리공이 특별히 그녀를 위해
망가진 시계의 금바퀴로 만들어 준 것이었습니다.
그녀가 푸딩이 담긴 컵 주위를 막 돌고 있을 때
한 여자 손님이 두 손가락으로 그녀의 허리를 잡고
자신의 손바닥 위에 올려놓았습니다.

"어머, 정말 귀여운 장난감이네!
건전지는 어디에 끼는 거야?"
여자가 바냐에게 물었습니다.

"바보! 난 살아 있어!
살아 있단 말이야! 살아 있다고!"

싸냐가 소리쳤습니다.
"어머, 말도 할 줄 아네?
분명 이탈리아에서 만든 장난감일 거야. 맞지?"
여자가 물었습니다.

싸냐가 많이 화가 난 것을 눈치 챈 바냐는
여자의 손바닥에서 그녀를 조심스레 내린 다음
냅킨 위에 살짝 올려놓았습니다.
싸냐는 그 위에서 실컷 울고는
단잠에 빠졌습니다.

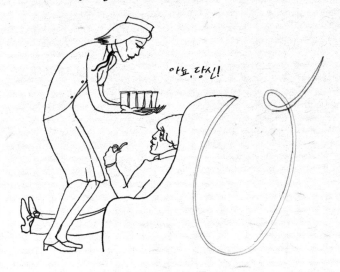

그러던 어느 날,
바냐는 비행기를 타게 되었습니다.
그는 스튜어디스가 무척 마음에 들었습니다.
그 바람에 싸냐는
다시 작아졌습니다.

그러나 이 역시 좋은 점이 있었지요!
예전처럼 바냐와 함께 피아노를
연주할 수 없었기에
싸냐는 피아노 건반 위를 바쁘게 뛰어다니며
자신이 가장 좋아하는 곡인
'엘리제를 위하여'를 연습했습니다.
물론 혼자서 말입니다.

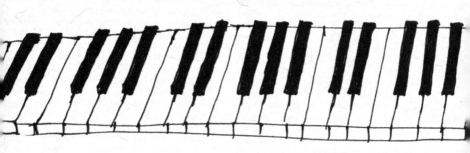

하지만 책을 읽는 일만은 큰 문제였지요.
바냐는 불레바르 레볼루찌예(베오그라드에 있는
거리 이름—옮긴이)에 있는 상점에서
납으로 된 병정 세트 가운데
낱개 판매용인 작은 사다리를 하나 샀습니다.
바냐는 책을 바로 세운 다음 그 앞에 사다리를 놓았습니다.
싸냐는 마치 페인트공처럼 사다리에 걸터앉아서는
책의 한 줄씩 옮겨 다니면서 읽어 내려갔습니다.

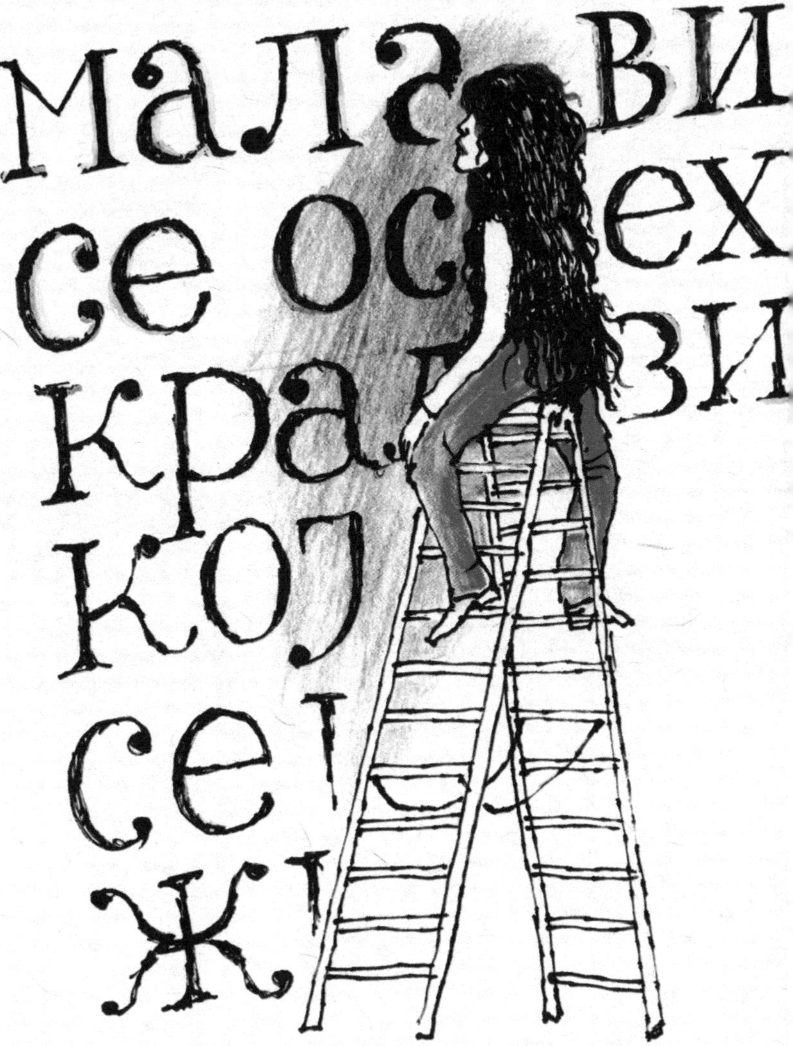

...нца сина. Када је син ...есети рођендан и на ...з целог краљевства. ...бра и драгог камења ...ашти поведоше коло, ...од друге. Оне гледаху ...ли се ни једна младом

...вић оде у гај од старих ...није спавало. Чаробно ...а дрвећа. Кроз грање ... по земљи у чудним ...јан по црквама. ...ено шетао по зеленој ...ак, угледа пред собом ...илу у златом везеној ...тала, а на глави ...м мала — као ...е у њу, а вила ...е зазвони:

비록 시간이 지나 나이가 들었지만,
싸냐는 동화책을 유난히 좋아했습니다.
특히 민담에 나오는
작은 요정 이야기를 좋아했는데,
그녀는 그 작은 요정과 자신 사이에
닮은 점이 참 많다고 생각했습니다.
마치 쌍둥이 자매를 얻은 것 같았습니다.
그녀는 더 이상 혼자가 아니었습니다.
하지만 쉽게 피곤함을 느꼈기 때문에
하루에 두세 줄을 채 읽지 못했습니다.
싸냐는 사다리에서 내려와 동화 속에 나오는
오래된 궁전의 그늘 안에 앉아 숨을 돌렸습니다.

바나가 다른 예쁜 소녀를 쳐다보고 원할 때마다
세상은 점점 더 커지고 싸냐는 점점 더 작아졌습니다.
"난 너희들과 더 이상 살 수 없어!"
그녀는 슬프게 말을 이었습니다.
"너희들은 너무 크고 거칠고 사나워. 또 이야기를 할 때마다
고래고래 소리를 질러 대! 게다가 쉽게 말을 바꾸고 끊임없이
거짓말을 한다고. 약속도 지키지 않잖아!
신뢰가 중요하다는 걸 몰라.
난 다시 나의 동화 속 세계로 돌아갈 테야."
그녀 앞에는 에메랄드빛의 맑은 호수가 펼쳐져 있었습니다.
호수에는 성과 근사한 왕자, 그를 따르는 호위병,
말, 마부 들과 동화 속에서 사는 모든 것들이 비쳤습니다.

그녀는 궁전으로 향하는 길로 발을 내딛고 싶었지만,
그럴 수가 없었습니다.
그건 모두 인쇄된 종이일 뿐이었으니까요.
"아, 난 이 끔찍한 꿈속에서 깨어나고 싶어!"
그녀는 한숨을 쉬었고,
이내 바늘을 꼽는 스펀지를 베고 잠이 들었습니다.

그러나 이 역시 좋은 점이 있었어요.
싸냐가 호수를 좋아한다는 것을 알게 된 바냐는
유리그릇에 맑은 물을 채워
싸냐가 마음껏 헤엄칠 수 있도록
작은 호수를 만들어 주었습니다.
때때로 바냐가 만들어 주는 바람으로
돛이 움직이기도 했습니다.

그렇게 시간은 흘렀습니다.
싸냐는 바냐가 직장에서 돌아오기를 기다리는 동안
무료한 시간을 보내기 위해서 종종 여행을 떠났습니다.
배가 고파질 것을 대비해 빵 부스러기 두 개로
작은 샌드위치를 만들고
한 시간 동안 지구본 전체를 걸어 다녔죠.

뜨거운 태양이 이글거리는 아프리카에서는
사자와 코끼리 무리를 보았고,
뉴욕에서는 재즈를 들었으며,
남극에서는 펭귄들과 놀기도 했습니다.
얼어붙은 모스크바에서는 눈썰매를 타기도 했고요.

그렇게 싸냐는 세계 여러 나라에 사는 유쾌한 사람들과 만나
인사를 나누고 다양한 외국어도 배웠습니다.
이 모든 것들이 오전 한때에 일어난 일이었어요!
무엇보다도 가장 좋았던 것은
그녀가 지구본을 돌아다니면서 만났던 사람들과 동물들이
모두 그녀처럼 작았다는 것,
또 모두들 그녀의 작은 키를
전혀 이상하게 바라보지 않았다는 것이었습니다.

바냐가 직장에서 돌아오면
그녀는 낮에 보았던 모든 것들을 이야기해 주었고,
그가 없는 동안 자신이 겪었던 일들을 들려주었습니다.
바냐는 싸냐를 자신의 어깨 위에 올려놓고
그녀가 귀에 대고 외치는 이야기들을 들었습니다.
물론 상상력이라고는 눈곱만큼도 없는 여느 어른들처럼
그 역시 그녀의 이야기를 믿지 않았지만요.
바냐는 싸냐가 너무도 지루한 나머지
지어낸 이야기일 거라 여겼습니다.
그에게 지구본은
안이 텅 비어 있는 무생물에 지나지 않았으니까요.

바냐는 정말 아무것도 몰랐어요!
자, 지구본을 열어 보세요. 그럼 그 안에
무엇이 들어 있는지 알게 될 거예요.

물론 당신이 착한 사람이라면 지구본 안에 있는
펭귄과 만날 수도 있을 테지요. 뉴욕에서는 재즈를 듣고,
사자와 코끼리, 눈썰매도 보게 될 테고요.
그러나 그렇지 못하다면 당신에게는 지구본이
그저 아무것도 들어 있지 않은 텅 빈 공에 불과하겠지요.
때때로 바냐는 여행을 갈 때 싸냐를 데리고 다녔습니다.
그녀를 집에 혼자 두었다가는 도둑고양이가 먹어 치우거나
까마귀가 물어 갈지도 모르는 일이었으니까요.

바냐는 손수건을 넣는 외투의 작은 호주머니에
싸냐를 넣고 다녔습니다.
싸냐는 그 안에서 바깥세상을 바라보는 것을 좋아했습니다.
때때로 지루할 때면 손수건을 이불 삼아 잠이 들었습니다.

사람들은 바냐가 호주머니에
매우 아끼는 펜을 넣고 다니는 것이라고 생각했습니다.
바냐의 호주머니 안에 그의 첫사랑, 가장 큰 사랑이
들어 있으리라고는 상상조차 하지 못했으니까요.

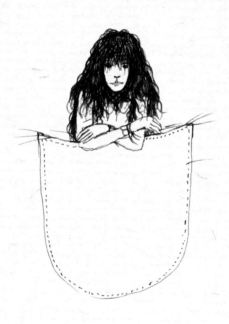

그들은 여행 중에 호텔에 묵게 되었습니다.
그런데 한밤중에 싸냐가 잠에서 깨어났습니다.
아주 끔찍한 꿈을 꾸었거든요.
그녀는 칠흑같은 어둠 속에서
사방을 두리번거렸습니다.
바냐의 외투는 거실 의자에 걸쳐져 있었습니다.
바냐는 그녀를 주머니에서 꺼내야 한다는 걸
깜빡 잊은 채 잠을 자고 있었고,
그가 자고 있는 침대는 싸냐에게
수천 킬로미터나 되었습니다.

그녀는 빈혈이 있었기 때문에
높은 곳에서 내려가는 일이
사뭇 무서웠지만,
그래도 내려가기로 결심했습니다.
손수건을 몇 가닥으로 얇게 자른 뒤
뱃사람들처럼 여러 차례 매듭을 묶고
주머니에서 카펫으로 내려왔습니다.

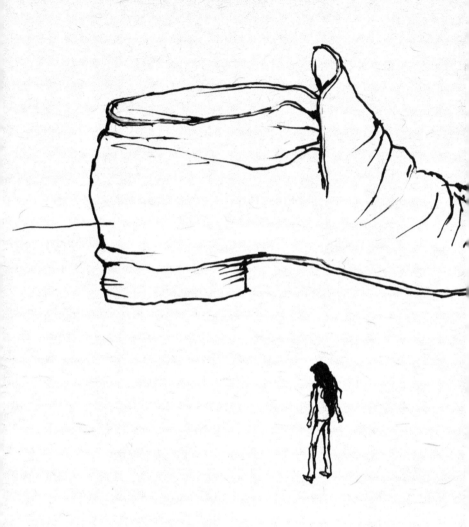

싸냐는 거인의 나라에나 나올 법한
거대한 의자와 테이블 사이를 몇 시간 동안이나
걸어 다녔습니다.
마치 높은 산 같은 신발 사이를 지나 숨이 목까지 찰 무렵에야
바냐의 머리가 있는 베개로 올라설 수 있었습니다.
그리고 마침내 그녀는 그의 목에 걸려 있는 목걸이에
다다랐습니다.
그 목걸이는 스무 살 생일에 싸냐가 선물한 것이었습니다.
그러나 이제는 그녀에게 크레인같이 거대하게
보일 뿐이었습니다.
"아, 너였구나! 주머니에 있지 않았니?"
바냐가 졸린 눈을 비비며 늘어지게 하품을 한 뒤 말했습니다.
"제발 그렇게 큰 소리로 이야기하지 마.
내 몸이 날아갈까 두렵단 말이야."
싸냐가 그에게 부탁했습니다.

그날 아침, 싸냐는 1센티미터하고도
10밀리미터가 더 줄었습니다.
바냐의 꿈속에
그 해 뽑힌 미스 유고슬라비아가
나왔기 때문이죠.

그러나 이 역시 좋은 점은 있었습니다!
이제 싸냐는 바냐의 목에
목걸이의 메달 대신 매달린 채
늘 함께 있을 수 있었으니까요.
그리고 그들은 더 이상 떨어지지 않았습니다.

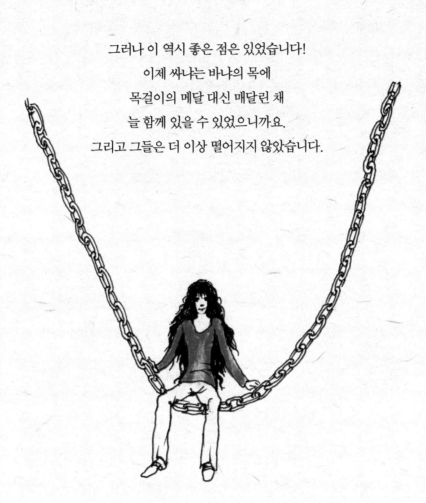

싸냐는 아주 많이 작아졌습니다.
일을 마치고 집에 늦게 들어온 바냐가
혹시나 그녀를 밟지나 않을까, 걱정할 정도로.

그는 집에 들어와 불을 켜자마자 외쳤습니다.
"싸냐아아아! 싸냐아아아! 어디에 있어? 대답을 해!"
"뻐꾹! 뻐꾹!"
싸냐는 그가 돌아왔다는 소리가 들리면 울도록
낡은 벽시계의 뻐꾸기를 조정해 놓았습니다.
그녀는 뻐꾸기의 집으로 이사를 했고
나름대로 정리도 했습니다.
그 안에는 그녀에게 필요한 모든 것들이 있었습니다.

"왜 이렇게 늦게 들어온 거야?"
싸냐가 바냐에게 물었습니다.
"아주 지루한 회의가 있었거든."
그는 자신의 거짓말 때문에
싸냐가 점점 작아진다는 사실을 알면서도
또다시 거짓말을 했습니다.
그녀는 또 작아졌습니다.
하지만 바냐로서도 어쩔 수 없는 일이었습니다.

그러나 이것 역시도 좋은 점은 있었습니다!
싸냐의 몸은 깃털처럼 작고 가벼워져
노란색 카나리아를 타고 다닐 수도 있게 되었으니까요.
날씨가 좋을 때면 싸냐는
카나리아의 목에 작은 고삐를 매달고
이곳저곳을 자유롭게 날아다녔습니다.

싸냐는 새를 파는
젤레니 배나쯔(베오그라드 시내에 있는 시장―옮긴이)
시장 위를 날아다니는 것을 가장 좋아했습니다.
싸냐는 새장으로 날아가서는 문을 열고
카나리아와 나이팅게일,
그리고 갖가지 빛깔의 앵무새들을
풀어 주었습니다.

한번은 사진 기자가
그런 싸냐의 모습을 몰래 찍어
신문 일면에 실었습니다.
그리고 며칠 뒤
한 사내가 바냐를 찾아왔습니다.
사내는 자신을 서커스 단장이라고
소개했습니다.
그는 싸냐가 노란 카나리아를
타고 날아다니는 묘기를
그의 서커스에서 보여 주길
부탁했지만, 바냐는 거절했습니다.
"왜 안 한다는 거죠? 돈을 많이
벌 겁니다. 금세 부자가 될 거라고요."
서커스 단장은 도무지 이해가 안
간다는 표정으로 혀를 끌끌 찼습니다.
그러자 바냐는 환한 미소를 지으며
이렇게 대답했습니다.
"왜 안 하냐고요?
그건 말이지요. 그녀를
사랑하기 때문입니다!"

싸냐는 행복했습니다.
바냐가 싸냐를 50센티미터 크게 하는 약을
만들 수 있다는 여의사와
저녁 식사를 하기 전까지는 말이죠.

그날 저녁,
바냐와 여의사 사이에 무슨 일이 있었는지
우리는 알 수 없습니다.
그러나 다음 날 싸냐의 몸은
전보다 훨씬 더 작아져 버리고 말았습니다.
이제는 더 이상……
좋은 점도
찾을 수
없었습니다.

싸냐는 결국 어딘가로 사라져 버렸습니다.

영원히…….
그녀가 어디로 갔는지는
아무도 모릅니다.

싸냐는 더 이상 보이지 않았습니다.

바냐는 싸냐가 사라지고 나서야
그녀를 애타게 그리워하기 시작했습니다.
주위의 모든 것들이 그녀를 떠올리게 했습니다.
그녀의 인형들, 작은 침대와 사다리,
그녀가 여행을 떠나곤 했던 지구본,
뜨거운 아프리카의 사자들,
뉴욕의 재즈, 러시아 노래들,
더 이상 맞지 않는 반지, 작은 롤러스케이트,
그 밖의 사소한 모든 것들이…….

바냐는 그녀 없이 어떻게 살아가야 할지 막막했습니다.
거리에서 그가 무심히 눈길을 주었던 아름다운 여인들,
그가 꿈꾸고 그리워했던 그녀들이
이제는 너무나도 크고 추하고 거칠게만 보였습니다.
게다가 그녀들이 내뱉는 말들은 더 이상 노랫소리가 아닌
고함처럼 들렸습니다.

이제 바냐에게는 싸냐를 향한 그리움만 덩그러니 남았습니다.
바냐는 생각했습니다. 분명 가까이에 그녀가 있을 거라고.
다만 볼 수 없는 것뿐이라고.
돋보기에, 심지어 현미경까지 동원해 보았지만
소용없는 일이었습니다.

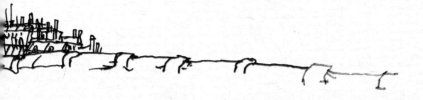

싸냐……, 그녀는 어디에도 없었습니다.

바냐는 시력이 더 나빠지기 전에 지붕으로 기어 올라갔습니다.

그러고는 하늘을 올려다보았습니다.

싸냐를 찾기 위해서였죠.

순간, 그는 보았습니다.

그녀의 별 무리가 완전해진 모습을…….

혹시 말입니다. 긴 세월 동안 한낱 평범한 점으로

박혀 있었던 싸냐의 작은 별 하나가

다시 그녀를 하늘로 데려간 건 아닐까요?

그건 아무도 모르는 일이지만요.

도대체 어디 있니?

바냐는 동화책 속에서 그녀를 찾기 시작했습니다.
사람들은 책방 한 귀퉁이에서 동화책만 뚫어져라 읽는 바냐를
곁눈질로 힐끔거리며 생각했습니다.

저 남자는 도대체 무엇을 찾고 있는 걸까?

그는 정신 나간 사람처럼 책장을 이리 넘기고 저리 넘기며
그림 속에 숨어 있을지도 모를 싸냐를 찾았지만
모든 게 헛일이었습니다.
그 어디에서도 그녀를 찾을 수가 없었습니다.

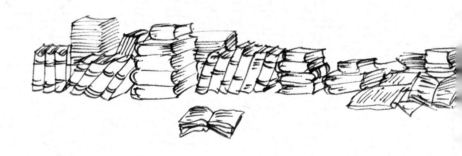

그런데 말이지요.
그는, 지금도, 여전히, 그녀를 찾고 있답니다.

당신은 바냐를 쉽게 알아볼 수 있을 거예요.
왜냐하면 그는 혹시라도 싸냐를 밟지나 않을까,
자신의 발치만을 내려다보며 천천히,
아주 천천히 걷고 있으니까요.
땅 위에 도장을 찍듯 한 발짝씩 그렇게 말입니다.

소중한 것을 잃어버린 사람들은
모두 똑같은 방법으로 걸어 다닙니다.

그런 사람들은 쉽게 알아볼 수 있습니다.

왜냐고요?

그들은 그저 땅바닥만 바라보며 걸으면서

무언가를 찾고 또 찾으니까요.

그럼 싸냐는 어떻게 된 걸까요?
늘 그랬던 것처럼 여전히 바냐와 함께 있는 걸까요?
어쩌면 바냐의 머리카락 속에, 귓속에, 눈동자 속에
깃들어 있을지도.
그래서 그의 눈이 유난히 빛나는 것은 아닐까요?

아니면······, 아니면 말입니다.

정말로 그가 알 수 없는 어딘가에 있는 걸까요?

지금은 사랑할 때

　여러분은 발칸 반도에 자리한 세르비아라는 나라를 들어본 적이 있나요? 가도 가도 끝이 보이지 않는 드넓은 평야에 노란 해바라기들이 일렁이는 5월의 보이보디나, 뜨거운 태양 아래 에메랄드빛 바다가 눈부시게 빛나는 7월의 아드리아 해안, 크리스마스카드에서나 볼 법한 눈 덮인 전나무 숲이 장관인 12월의 몬테네그로……. 그뿐만이 아닙니다. 수많은 별들이 금방이라도 와르르 쏟아져 내릴 것 같은 아름다운 밤하늘을 지닌 나라이기도 하지요. 이토록 평화롭고 아름다운 나라에 사는 사람들의 마음은 또 얼마나 따뜻할까요.

　하지만 이런 세르비아 사람들에게도 시련은 있었습니다. 얼마 전에 일어난 보스니아 내전과 나토의 세르비아 폭격을 기억하나요? 사실 세르비아는 20세기 말까지 유고슬라비아 사회주의 연

방의 공화국이었어요. 세르비아를 비롯해 크로아티아, 마케도니아, 슬로베니아, 보스니아-헤르체고비나, 몬테네그로가 모두 유고슬라비아라는 나라에 속해 있었지요. 그러나 종교적 차이로 불거진 갈등은 급기야 나라의 해체까지 불러일으키고 말았습니다. 수년에 걸쳐 피비린내 나는 전쟁을 겪고 나서야 다들 제 갈 길을 걷게 된 것이지요. 그래서일까요? 오늘을 살아가는 발칸 사람들의 삶은 그리 녹록하지 않답니다. 이 작품은 바로 그런 시련과 고통, 변화와 개혁의 소용돌이 속에서 태어났습니다. 그렇기에 진실하고 영원한 사랑의 가치를 이야기하는 작가의 메시지가 더욱더 가슴에 깊이 와 닿지 않나 싶습니다.

우리는 속도의 시대에 살고 있습니다. 주위의 모든 것이 너무나도 빠르게 변화하고 있어요. 매일 아침 눈을 뜰 때마다 저만치 앞서가는 정보와 지식을 좇느라 허덕이고 있는 셈이지요. 이념과 가치도 마찬가지입니다. 변화의 급물살을 타고 탈바꿈해 가고 있습니다. 하지만 아무리 시대가 변하고 생각이 바뀌어도 절대 놓아 버려서는 안 될 소중한 가치는 존재하기 마련입니다. 그것은 바로 사랑입니다.

이 책에 글을 쓰고 그림을 그린 모모 카포르는 싸냐라는 특별한 소녀를 통해 바로 그 사랑의 의미를 이야기합니다. 그리고 묻습니다. 당신은 그 사랑을 잘 키워 나가고 있느냐고. 일흔을 훌쩍 넘긴, 전쟁을 비롯해 인생의 갖가지 시련을 다 겪고 난 작가가 우리에게 던지는 물음은 그래서 더 큰 울림을 갖는 게 아닐까요?

벨기에의 극작가 마테를링크가 쓴 동화 가운데 《파랑새》라는 유명한 작품이 있습니다. '희망'을 상징하는 파랑새를 찾아 먼 여행을 떠난 주인공 남매가 결국 그것을 자신들의 집에서 발견하게 된다는 이야기는 우리에게 많은 것을 생각하게 합니다. 그렇습니다. 소중한 것, 진정 가치 있는 것은 바로 우리 곁에 있어요. 그런데 곁에 있다는 이유로 오히려 소홀하게 여기지요.

자, 주위를 한번 둘러보세요. 내가 사랑하는 사람들이 혹시라도 외로움에 떨고 있지는 않은지. 그리고 자신을 한번 돌이켜 보세요. 얼마나 진실한 마음으로 내가 가진 사랑을 지키고 있는지 말입니다.

싸냐는 말합니다. 바로 지금이야말로 사랑할 때라고. 지금 사랑하지 않으면, 사랑은 떨어지는 별처럼 우리 곁에서 영영 사라질 거라고 말이죠. 여러분의 예쁜 사랑이 싸냐처럼 사라지지 않도록 온 마음을 다하여 아끼고 보듬어 주십시오. 그럼 사랑은 위대한 기적으로 여러분을 행복하게 만들어 줄 거예요.

세르비아에서 날아온 이 작은 이야기가 부디 여러분의 왼쪽 무릎에 박혀 반짝반짝 빛날 수 있기를, 그래서 따뜻할 수 있기를.

나에게 가슴이 저려 오는 사랑의 기적을 늘 실감케 해 주는 두 천사 민준, 민재에게 고마움을 전합니다.

2007년 12월의 끄트머리에서
김지향

옮긴이 **김지향**

한국외국어대학교 세르비아·크로아티아어과를 졸업했으며, 베오그라드 국립 대학에서 문학 박사 학위를 받았다. 현재 한국외국어대학교 교수로 재직 중이며, 전문 번역가로도 활동하고 있다. 지은 책으로 《이보 안드리치》, 《세계의 소설가》, 《세계의 시문학》, 《세계 연극의 이해》 등이 있고, 옮긴 책으로 《드리나 강의 다리》, 《쇼팔로비치 유랑 극단》, 《세계 민담 전집-폴란드·유고》, 《손자 마르코에게 들려주는 이야기》 외 다수가 있다. 그리고 《천상병 시선집》, 《황순원 단편선》, 《오정희 소설선》을 세르비아에서 출판하는 등 우리 문학을 유럽 지역에 알리는 일도 꾸준히 하고 있다.

`내 `왼쪽 무릎에 박힌 **별**

첫판 1쇄 펴낸날 2007년 12월 26일
　　4쇄 펴낸날 2009년　7월 30일

글·그림 모모 카포르　**옮긴이** 김지향
펴낸이 김혜경
주니어팀 박창희 최순영 김솔미
디자인팀 서채홍 윤정우 전윤정 김명선 지은정
마케팅팀 모계영 이원영 이주화 강백산
홍보팀 윤혜원 오성훈 이경환
경영지원팀 임옥희 김순상

펴 낸 곳 (주)도서출판 푸른숲
출판등록 2002년 7월 5일 제 406-2003-032호
주　　소 경기도 파주시 교하읍 문발리 파주출판도시
　　　　　529-3번지 푸른숲 빌딩, 우편번호 413-756
전　　화 031)955-1400(마케팅부), 031)955-1410(편집부)
팩　　스 031)955-1406(마케팅부), 031)955-1424(편집부)
www.prunsoop.co.kr

ⓒ 푸른숲, 2007
ISBN　978-89-7184-765-7　44890
　　　　978-89-7184-419-9(세트)

이 도서의 국립중앙도서관 출판시도서목록(CIP)은 e-CIP 홈페이지(http://www.nl.go.kr/cip.php)에서 이용하실 수 있습니다. (CIP제어번호: CIP2007004022)